MANUEL

DE

L'AMATEUR D'ESTAMPES

PLANCHES XYLOGRAPHIQUES

PARIS. — IMPRIMERIE PILLET ET DUMOULIN

5, RUE DES GRANDS-AUGUSTINS, 5

MANUEL

DE

L'AMATEUR D'ESTAMPES

PAR

M. EUGÈNE DUTUIT

OUVRAGE CONTENANT

1° Un aperçu sur les plus anciennes gravures, sur les estampes en manière criblée,
Sur les livres xylographiques, sur les estampes coloriées,
Sur les cartes à jouer, sur quelques livres à figures du quinzième siècle, sur les danses des morts, sur les livres d'heures;
Un nouveau catalogue de livres de broderie et un essai sur les nielles ou gravures d'orfèvres;
2° Les Écoles italienne, allemande, flamande et hollandaise, française et anglaise.

ET ENRICHI

DE FAC-SIMILÉS DES ESTAMPES LES PLUS RARES REPRODUITES PAR L'HÉLIOGRAVURE.

PLANCHES XYLOGRAPHIQUES

REPRODUITES PAR LE PROCÉDÉ A. PILINSKI ET FILS.

PARIS	LONDRES
A. LÉVY, LIBRAIRE-ÉDITEUR	DULAU ET Cᴵᴱ, LIBRAIRES
RUE LAFAYETTE, 13, PRÈS L'OPÉRA	SOHO SQ. W.

1884

ARS MORIENDI. (Exempl. Didot, Pl. I.)

ARS MORIENDI. (Exempla Didot, Pl. III.)

ARS MORIENDI. (Exempl. Didot, Pl. VII.)

ARS MORIENDI. (Exempl. Didôt, Pl. IX.)

ARS MORIENDI. (Deuxième édition de Heinecken. Pl. IX.)

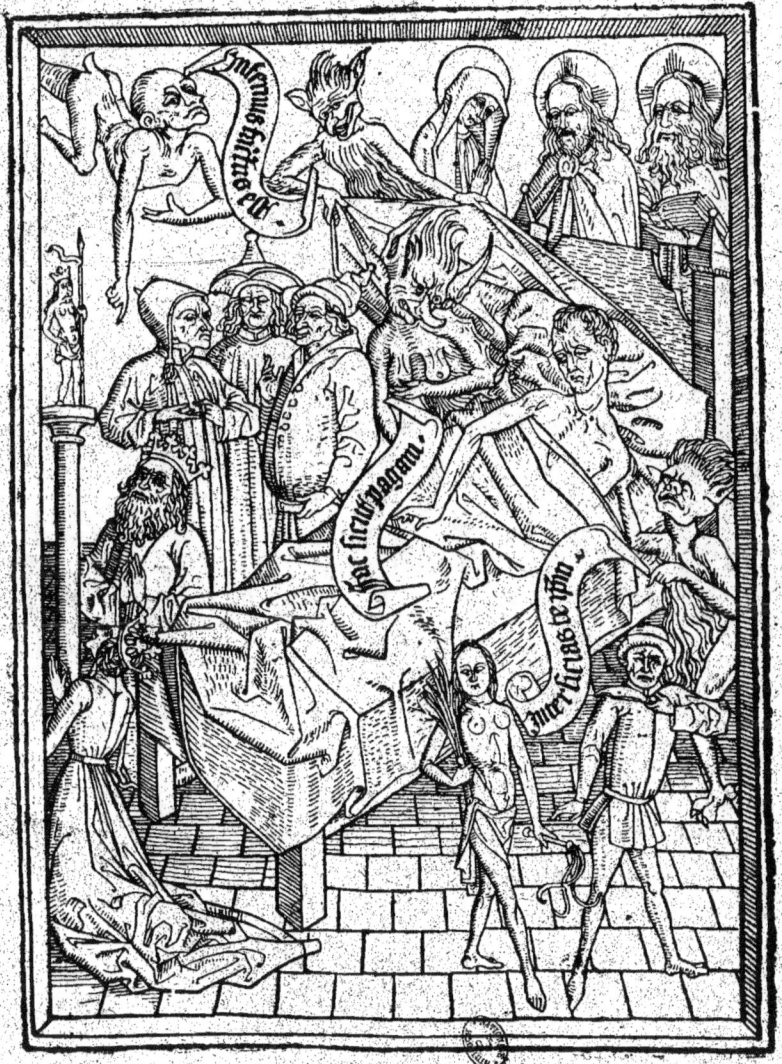

ARS MORIENDI. (Exempl. Weigel. Pl. I.)

ARS MORIENDI. (Exempl. Weigel. Pl. III.)

ARS MORIENDI. (Exempl. Weigel. Pl. VII.)

ARS MORIENDI. (Exempl. Weigel. Pl. IX.)

ARS MORIENDI. (Septième édition de Heinecken. Pl. 1.)

ARS MORIENDI. (Septième édition de Heinecken. Pl. III.)

ARS MORIENDI. (Septième édition de Heinecken. Pl. VII.)

ARS MORIENDI. (Septième édition de Heinecken. Pl. IX.)

BIBLE DES PAUVRES (Première édition. Pl. XXI.)

BIBLE DES PAUVRES. (Édition en 50 planches. Pl. II.) (Originale.)

BIBLE DES PAUVRES. (Édition en 50 planches. Pl. VIII.) (Copie à comparer avec la pl. III de la première édition.)

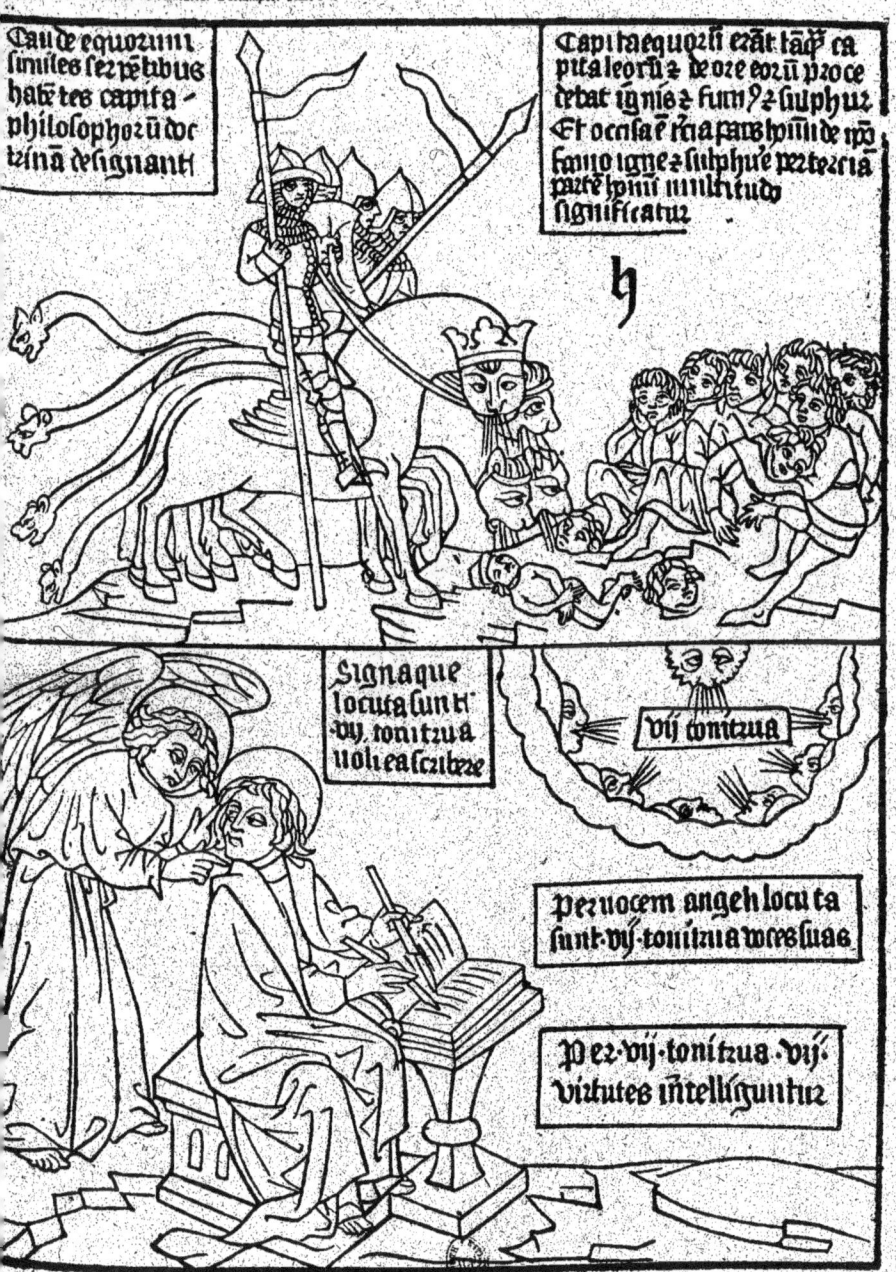

APOCALYPSE. (Quatrième édition. Pl. XIV.)

CANTIQUE DES CANTIQUES (Première édition. Pl. I.)

E. Dutuit, Manuel de l'Amateur d'estampes. Tome 1er.

Pl. XXV-XXVI.

CANTIQUE DES CANTIQUES. (Première édition. Pl. VII, Haut.)

CANTIQUE DES CANTIQUES. (Troisième édition. Pl. VII, Haut.)

CANTIQUE DES CANTIQUES (Première édition, Pl. XV.)

CANTIQUE DES CANTIQUES. (Troisième édition. Pl. XV.)

CANTIQUE DES CANTIQUES. (Troisième édition. Pl. XV.)

Ier comen de bode en die brueder te samen voer den vader. en daer knielen ſi
met onſen here iheſum xpm. die met hem knielt om he te helpe te ver
crighe vanden vader datſi begheré. En om den vader willecome te ſijr ʒoo
ghruetenſijen met ſine hoehſten name ſegghende oetmoedeloke dat perſte poent vm
den pater noſter albus. Pat n̄ qui es. Jn deſe corte groete ſijn iij poente die de
bedelare zere troeſtehc̄ ſijn. Dperſte es want hy gode toeſprect als een vercore
knit ſegghende vader Dander Want vprithis ſijn bruteder met hem es ſegghe
de onſe. e derde Wantſij den vader zere willecome ſijn metter gruete als ſi
ſegghen qui es. Want dit es ſine name en hoehſten name en tytel alʒo hij van
hem ſelue ghetughe geeſt ſogghende (c ben die ic ben.

ORAISON DOMINICALE. (Première édition. Pl. II.)

Hier comen de bode en de Brueder tusschen hemelrike en tet ghemeur op die Berch. Die Beteekent
eertrike staende tusschen beide. En sien drierhande mensche. met drierhande kelcke daerinne
en wille sal mede verstaen. Want de nederste als heyden en ioden hebb- noch hore kelcke dats hoere
wille ghebroke om dat hij met ons hermaect inden doopsel vander quetsuere der oersonden
Demiddelste als quade kerstene hebben hore wille inde doopsel hermaect omghekeert en
Ban gode De derde als die goede kerstene heeft sine wille gheheel en oirrecht. mer hij en
es met volcome also hij waer saildich te sijn. En want mits desen drierhande ghebreeken
de willen der leuender es onghelyck der gheender die us sijn in hemelrike. Waut daer
sijn hore wille al gheheel vocht en volmaect. om hier uf beteringhe op eertrike te
gheschie in tghemeyn. Ooo dient hier toe deese derde bede Alsine zeecht, fiat volutas
tua id Onse Wille moet gheschie opter eerden als inde hemele

ORAISON DOMINICALE. (Première édition. Pl. VIII.)

ORAISON DOMINICALE. (Deuxième édition. Pl. I.)

Et ne nos inducas in temptacionē.

Hic nota triplice temptacionē. Prima est dyaboli per vanitaté et superbiam
Secunda est mūdi per curiositatem et auaricia. Tercia est carnis per voluptaté
et luxuriam, quibus vetu cum fratribus illicistis in peccatuu mortale. Ora
patrem ita dicens. Et ne nos inducas in temptacionē vetu.

ORAISON DOMINICALE. (Deuxième édition. Pl. VIII.)

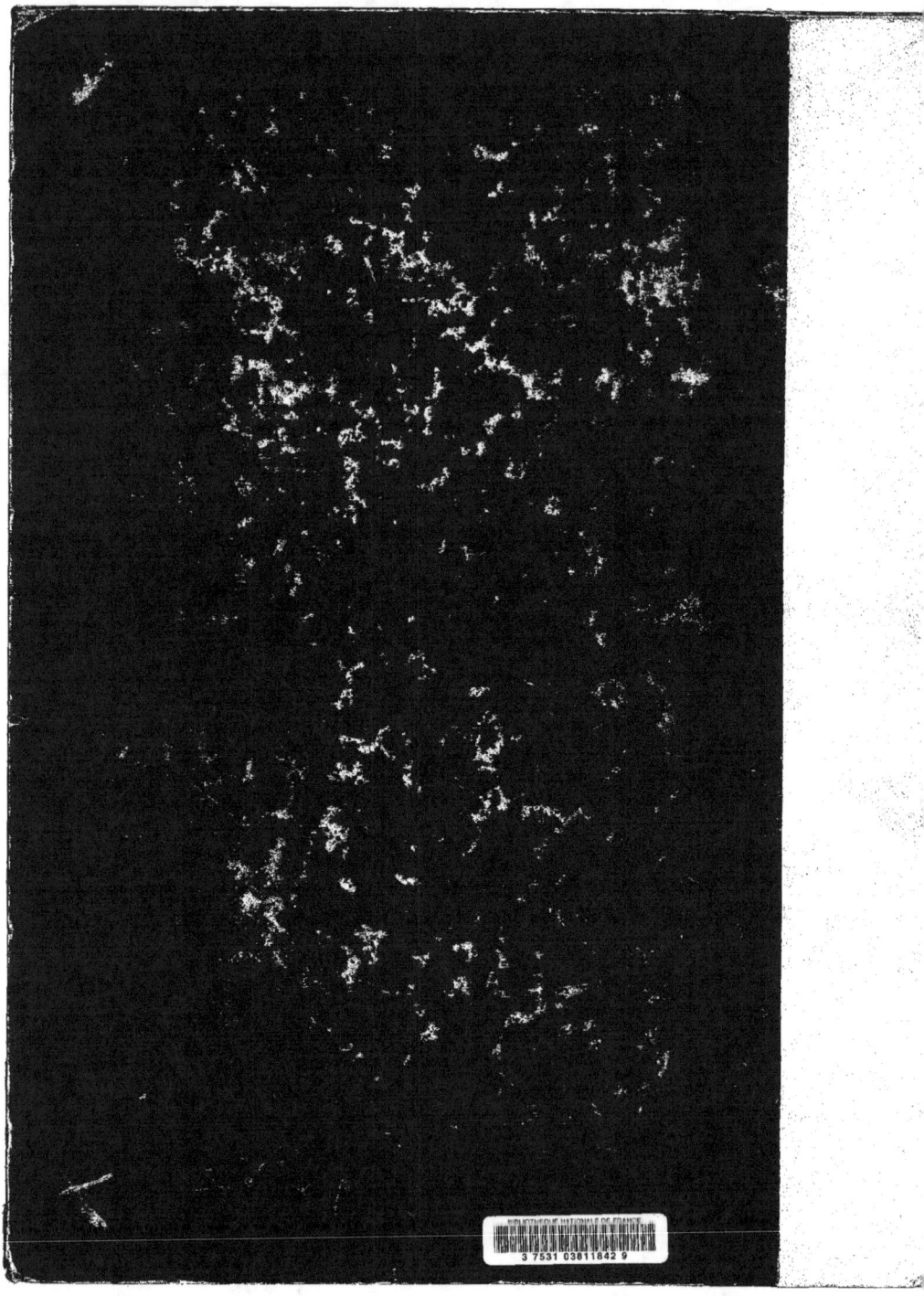

www.ingramcontent.com/pod-product-compliance
Lightning Source LLC
Chambersburg PA
CBHW070813260626
47161CB00006B/2263